AF619616

Jouvin (B.) 1887 - Mai - 24

VENTE DES 24, 25 ET 26 MAI

Maison Silvestre, 28, rue des Bons-Enfants.

CATALOGUE
DES LIVRES

COMPOSANT

LA BIBLIOTHÈQUE DE

FEU M. B. JOUVIN

DEUXIÈME PARTIE

PARIS
P. FONTAINE, LIBRAIRE
35, PASSAGE DES PANORAMAS
1887

POUR PARAITRE PROCHAINEMENT :

CATALOGUE DE LA BIBLIOTHÈQUE

DE

FEU M. JAMES HARTMANN

(DE LONDRES)

Très beaux livres français en superbe condition.

Vente le 13 Juin et jours suivants.

MACON, IMPRIMERIE PROTAT FRÈRES

CATALOGUE

DE LA BIBLIOTHÈQUE DE

FEU M. B. JOUVIN

LA VENTE AURA LIEU

Le MARDI 24 MAI et les deux jours suivants,

à 8 heures précises du soir,

Maison Silvestre, 28, rue des Bons-Enfants,

Salle n° 2, au premier,

Par le ministère de Me E. ESCRIBE, 6, rue de Hanovre,

Assisté de M. FONTAINE, libraire.

L'exposition des livres aura lieu les jours de vente de 1 heure à 3 heures.

CONDITIONS DE LA VENTE

La vente se fait expressément au comptant.

Les acquéreurs payeront 5 0/0 en sus des enchères, applicables aux frais.

Les livres devront être collationnés sur place dans les vingt-quatre heures de l'adjudication. Passé ce délai ou une fois sortis de la salle de vente, ils ne seront repris pour aucune cause.

M. Fontaine remplira les commissions des personnes qui ne pourraient assister à la vente.

MACON, IMPRIMERIE PROTAT FRÈRES

CATALOGUE
DES LIVRES

COMPOSANT

LA BIBLIOTHÈQUE DE

FEU M. B. JOUVIN

DEUXIÈME PARTIE

PARIS
P. FONTAINE, LIBRAIRE
35, PASSAGE DES PANORAMAS
1887

THÉOLOGIE

498. Sainte-Bible, en latin et en français, avec des notes littérales, critiques et historiques, tirées de Dom. Aug. Calmet, par l'abbé De Vence. *Paris, Mequignon*, 1820, 25 vol. in-8 et atlas in-4, cart., non rognés.

499. L'histoire du vieux et du nouveau Testament, avec des explications édifiantes, tirées des Saints-Pères pour régler les mœurs dans toutes sortes de conditions, par le sieur de Royaumont. *Suivant la copie imprimée à Paris, chez Pierre Le Petit*, 1680, pet. in-12, fig. sur cuivre, veau brun.

Quelques raccommodages.

500. Œuvres de M. (Mgr.) l'abbé Freppel. *Paris, Bray*, 1859-1868, 10 vol. in-8, demi-rel. mar. vert, dos et coins, non rognés.

Les Pères apostoliques. — Les apologistes chretiens au IIe siècle. 3 vol. — Tertullien, 2 vol. — Clément d'Alexandrie. — Saint-Cyprien. — Origène. 2 vol.

501. Chefs-d'œuvre des Pères de l'Eglise, ou choix d'ouvrages complets des docteurs de l'Eglise grecque et latine, traduction avec le texte latin en regard. *Paris*, 1837, 15 vol. in-8, bas. marb.

502. Tertullien et Saint-Augustin, œuvres choisies, avec la traduction en français, publiées sous la direction de M. Nisard. *Paris, Firmin-Didot*, 1871, gr. in-8, br.

503. Lettres de saint Augustin, traduites en français et précédées d'une introduction, par M. Poujoulat. *Paris, Lesort*, 1858, 4 vol. in-8, br.

504. Les Splendeurs de la foi, accord parfait de la révélation et de la science, de la foi et de la raison, par M. l'abbé Moigno. *Paris*, 1879, 4 vol. in-8, br.

JURISPRUDENCE

505. Mémoires de Vidocq, chef de la police de sureté jusqu'en 1827. *Paris*, *Tenon*, 1828, 4 vol. — Mémoires d'un forçat, ou Vidocq dévoilé (par J.-F. Raban et Marco de Saint-Hilaire. *Paris*, *Langlois*, 1828, 3 vol. — Ensemble 7 vol. in-8, demi-rel. chagrin vert, non rognés.

506. La police dévoilée, depuis la Restauration et notamment sous MM. Franchet et Delavau. *Paris*, *Lemonnier*, 1829, 3 vol. in-8, demi-rel. veau fauve.

507. Le livre noir de MM. Delavau et Franchet, ou répertoire alphabétique de la police politique, précédé d'une introduction, par M. Année. *Paris*, *Moutardier*, 1829, 4 vol. in-8, demi-rel. veau.

508. Mémoires de Canler, ancien chef du service de sureté. *Paris*, *Hetzel*, s. d., in-12, demi-rel. veau fauve.

509. Le barreau au XIXe siècle, par M. O. Pinard. *Paris*, *Pagnerre*, 1864, 2 vol. in-8, br.

510. Les quatre concordats, suivis de considérations sur le gouvernement de l'Eglise, en général, et sur l'Eglise de France, en particulier, depuis 1815, par M. De Pradt. *Paris*, *Béchet*, 1818, 3 vol. in-8, demi-rel.

SCIENCES ET ARTS

I. PHILOSOPHIE — MORALE — POLITIQUE

511. Œuvres philosophiques de Victor Cousin. *Paris, Didier*, 1879, 12 vol. in-8, br.

Du vrai, du beau et du bien. — Introduction à l'histoire de la philosophie. — Histoire générale de la philosophie. — Philosophie de Locke. — Premiers essais de philosophie. — Philosophie écossaise. — Philosophie de Kant. — Fragments philosophiques, 5 vol.

512. De la sagesse, trois livres, par Pierre Charron, nouvelle édition publiée par Amaury Duval. *Paris, Rapilly*, 1827, 3 vol. in-8, portr., demi-rel. veau vert, dos et coins, non rognés.

513. Réflexions, sentences et maximes morales de La Rochefoucauld, nouvelle édition avec les variantes des premières éditions et des notes nouvelles, par G. Duplessis, avec une préface, par C.-A. Sainte-Beuve. *Paris, P. Jannet*, 1853, in-12, cart. toile rouge, non rogné.

514. Les caractères de Théophraste, traduits du grec, avec les caractères ou les mœurs de ce siècle, par La Bruyère. *Paris, Firmin-Didot*, 1852, 2 vol. in-12, demi-rel. veau fauve, dos et coins, têtes dor., non rognés.

515. Les caractères de Théophraste, traduits du grec, avec les caractères ou les mœurs de ce siècle, par La Bruyère, nouvelle édition, avec toutes les variantes, publiés par Adrien Destailleurs. *Paris, P. Jannet*, 1854, 2 vol. in-12, cart. toile rouge, non rognés

516. Dictionnaire général de la politique, par M. Maurice Block. *Paris, O. Lorenz*, 1863, 2 vol. gr. in-8, demi-rel. mar. brun, dos et coins.

517. Le prince de Balzac, reveu, corrigé et augmenté de nouveau, par l'autheur. *Paris, Michel Robin*, 1660, pet. in-12, vél.

518. Des colonies et de la révolution actuelle de l'Amérique, par M. de Pradt. *Paris, Bechet*, 1817, 3 vol. in-8, bas. marb.

II. SCIENCES

519. Études et lectures sur les sciences d'observation et leurs applications pratiques, par M. Babinet. *Paris*, 1855-1868, 8 vol. in-18, cart. toile, non rognés.

520. Dictionnaire universel d'histoire naturelle, résumant et complétant les anciens dictionnaires scientifiques, les œuvres de Buffon et les traités spéciaux, dirigé par M. C. d'Orbigny. *Paris*, *Houssiaux*, 1861, 13 tomes en 25 vol. et albums de planches coloriées, br.

521. Tableau de la nature, ouvrage illustré à l'usage de la jeunesse, par Louis Figuier. *Paris, Hachette,* 1872, 10 vol. in-8, fig., br.

522. Dictionnaire de médecine, de chirurgie, de pharmacie, de l'art vétérinaire et des sciences qui s'y rapportent, par E. Littré et Ch. Robin. *Paris, J.-B. Baillière,* 1873, gr. in-8, demi-rel. chag. brun, dos et coins, non rogné.

523. Dictionnaire infernal, ou bibliothèque universelle, sur les êtres, les personnages, les livres, les faits et les choses qui tiennent aux apparitions, à la magie, au commerce de l'enfer, etc., par M. Collin de Plancy. *Paris, P. Mongie.* 1825, 4 vol. in-8, demi-rel. veau, non rognés.

III. BEAUX-ARTS

524. Mémoires de Benvenuto Cellini, orfèvre et sculpteur florentin, écrits par lui-même et traduits par Léopold Leclanché. *Paris, Jules Labitte,* s. d., in-12, demi-rel. chag. bleu, tête dor., non rogné.

525. Essai sur la musique ancienne et moderne (par M. de La Borde). *A Paris, Ph.-D. Pierres,* 1780, 4 vol. in-4, fig., cart., non rognés.

BELLES-LETTRES

I. LINGUISTIQUE — RHÉTORIQUE

526. Dictionnaire étymologique de la langue françoise, où les mots sont classés par familles, par B. de Roquefort. *Paris*, *Decourchant*, 1829, 2 vol. in-8, br.

Les premiers feuillets du tome Ier sont tachés d'huile.

527. Remarques nouvelles sur la langue françoise (par le Père Bouhours). *Paris*, *Séb. Mabre-Cramoisy*, 1682, 2 vol. in-12, veau fauve.

528. Dictionnaire de l'Académie française, sixième édition. *Paris*, *Firmin-Didot*, 1836, 2 vol. — Complément, 1856. — Ensemble, 3 vol. in-4, bas. racine.

529. Dictionnaire des synonymes de la langue française, avec une introduction sur la théorie des synonymes par M. Lafaye. *Paris*, *Hachette*, 1858, gr. in-8, demi-rel. chag. vert.

530. Lexique comparé de la langue de Corneille et de la langue du XVIIe siècle en général, par M. Frédéric Godefroy. *Paris*, *Didier*, 1862, 2 vol. in-8 br.

531. Œuvres complètes de Démosthène et d'Eschine, en grec et en français, traduction de l'abbé Auger, nou-

velle édition revue et corrigée, par J. Planche. *Paris*, *Verdière*, 1819, 10 vol. in-8, portr., cart., non rognés.

532. Le Livre des orateurs, par Timon (Cormenin). *Paris*, *Pagnerre*, 1847, 2 vol. in-12. demi-rel. veau fauve, têtes dor., non rognés.

533. Discours du général Foy, précédés d'une notice biographique, par M. P.-F. Tissot. *Paris*, *Moutardier*, 1826, 2 vol. in-8, portr., demi-rel. veau, non rognés.

II. POÉSIE

I. POÈTES GRECS — LATINS — FRANÇAIS

534. Les Amours de Léandre et de Héro. poème de Musée le grammairien, traduit du grec en françois, (par de La Porte du Theil), avec le texte. *Paris*, *Nyon*, 1784, in-18, fig., dess. par *Cochin*, gr. par *De Launay*, br.

Exemplaire réglé.

535. Traduction en vers des odes d'Horace, avec texte, par Albert de Wailly. *Paris*, *Garnier*, 1869, 2 vol. in-8, br.

536. Tableau historique et critique de la poésie française et du théâtre français au seizième siècle par C.-A. Sainte-Beuve. *Paris*, *Sautelet*, 1828, 2 vol. in-8, br.

Le tome 2 contient les œuvres choisies de Pierre de Ronsard, avec les notes et commentaires de Sainte-Beuve.

537. Œuvres choisies de Joachim Du Bellay, publiées par L. Becq de Fouquières. *Paris, Charpentier*, 1876, in-12, br.

Exemplaire en grand papier de Hollande.

538. Œuvres complètes de P. de Ronsard, nouvelle édition publiée sur les textes les plus anciens, avec les variantes et des notes par M. Prosper Blanchemain. *Paris, P. Jannet*, 1857, 8 vol in-12, cart. toile rouge, non rognés.

539. Œuvres complètes de Régnier, nouvelle édition, avec le commentaire de Brossette, des notes et un index, par M. Prosper Poitevin. *Paris, Delahays*, 1860, in-12, demi-rel. chagr. vert, dos et coins, tête dor., non rogné.

Exemplaire en grand papier de Hollande.

540. Œuvres complètes de Boileau, collationnées sur les anciennes éditions et sur les manuscrits, avec des notes historiques et littéraires, par M. Berriat-Saint-Prix. *Paris, Philippe*, 1837, 4 vol. in-8, portr. et fig., demi-rel. veau, non rognés.

541. Œuvres complètes de J. Delille, nouvelle édition. *Paris, Michaud*, 1824, 16 vol. in-8, br.

Exemplaire en papier vélin.

542. Œuvres de A. de Lamartine. Recueillemens poétiques, mélanges poétiques et discours. *Paris, Ch. Gosselin*, 1840, 2 vol. in-18, demi-rel. veau fauve, non rognés.

543. Vie, poésies et pensées de Joseph Delorme (Sainte-

Beuve). *Paris, Michel Lévy*, 1863, in-8, demi-rel. veau gris, tête jasp., non rogné.

544. Les Consolations, pensées d'août, notes et sonnets, un dernier rêve, par C.-A. Sainte-Beuve. *Paris, Michel Lévy*, 1863, in-8, demi-rel. veau gris, tête jasp., non rogné.

545. Auguste Vacquerie, mes premières années de Paris. *Paris, Michel Lévy*, 1872, in-8, br.

546. Les poésies de Théodore de Banville, 1841-1854. *Paris, Poulet-Malassis*, 1857, in-12, titre gravé, br.

2. FABLES — SATYRES — ÉPIGRAMMES

547. Fables choisies, mises en vers, par J. de La Fontaine. *Bouillon*, 1776, front. et 248 figures imitées d'*Oudry*, veau marbr., fil., tr. dor.

548. Fables de La Fontaine, ornées de son portrait et de gravures d'après des dessins dans un nouveau genre. *Paris, Nepveu*, 1820, 4 vol. in-18, portr. et fig., veau gris, fers à froid, tr. dor.

549. La Fontaine et les fabulistes, par M. Saint-Marc Girardin. *Paris, Michel Lévy*, 1867, 2 vol. in-8, br.

550. Œuvres complètes de Gilbert, publiées pour la première fois avec les corrections de l'auteur et les variantes. *Paris, Dalibon*, 1823, in-8, portr., demi-rel. veau rose, non rogné.

551. Nemesis, par Barthélemy, édition ornée de 15 gra-

vures d'après les dessins de Raffet. *Paris*, *Perrotin*, 1835, 2 vol. in-8, portr., front. sur chine volant, fig., demi-rel. veau fauve, non rognés.

552. Nouvelle anthologie françoise, ou choix des épigrammes et madrigaux de tous les poètes françois, depuis Marot jusqu'à ce jour. *Paris*, *Delalain*, 1769, 2 vol. in-12, demi-rel. veau, non rognés.

3. CHANSONS — POÈTES ÉTRANGERS

553. Le Caveau moderne ou le Rocher de Cancale, chansonnier de table. *Paris*, *Capelle*, 1807-1817, 11 vol. in-18, front. gravés, demi-rel.

Bel exemplaire rempli de témoins, provenant de la bibliothèque de M. Berryer.

554. La Clé du caveau, à l'usage des chansonniers français et étrangers, des amateurs, auteurs, acteurs, chefs d'orchestre, etc., quatrième édition, publiée par P. Capelle. *Paris*, *Cotelle*, in-8 oblong, demi-rel.

555. Recueil complet des chansons de Collé. *Hambourg et Paris*, 1807, 2 vol. in-18, cart.

556. Nouveau recueil contenant tous les airs des chansons de Béranger, par les meilleurs compositeurs, tels que Romagnesi, Panseron, B. Wilhem, de Beauplan, etc. *Paris*, *L. Heugel*, 1833, in-12, br.

557. Œuvres posthumes de F. Lamennais. Dante, la divine comédie, traduite et précédée d'une introduction sur la vie, la doctrine et les œuvres de Dante.

Paris, Didier, 1862, 2 vol. in-12, demi-rel. chag., non rognés.

III. POÉSIE DRAMATIQUE

558. Comédies de Plaute, traduites en françois par Mlle Le Fèvre. *Paris, Denys Thierry*, 1691, 3 vol. in-12, front. gr., cart., non rognés.

559. Histoire du théâtre françois, depuis son origine jusqu'à présent (par les frères Parfaict), avec la vie des plus célèbres poètes dramatiques, un catalogue exact de leurs pièces et des notes historiques et critiques. *A Paris, chez Le Mercier*, 1745, 15 vol. in-12, veau marbr.

560. Tablettes dramatiques, contenant l'abrégé de l'histoire du théâtre françois, l'établissement des théâtres à Paris, par M. le chevalier de Mouhy. *Paris, Séb. Jorry*, 1752, in-12, veau fauve, fil.

Armoiries sur les plats.

561. Histoire du théâtre français depuis le commencement de la révolution jusqu'à la réunion générale, par C.-G. Étienne et A. Martainville. *Paris, Barba*, 1802, 4 vol. in-12, demi-rel. veau fauve, têtes dor., non rognés.

562. Anecdotes dramatiques (par J.-M.-B. Clément, et l'abbé Jos. de La Porte). *Paris, veuve Duchesne*, 1765, 3 vol. in-8, bas.

563. Œuvres de Jean Racine, avec des commentaires par J.-L. Geoffroy. *Paris, Le Normant*, 1808, 7 vol. in-8, portr. et fig. de *Garnier*, veau marbr., fil., tr. dor.

564. Œuvres complettes de Crébillon, nouvelle édition, augmentée et ornée de belles gravures. *Paris*, 1785, 3 vol. in-8, portr. et fig. de *Marillier*, br.

565. Dictionnaire lyrique, ou histoire des opéras, par Félix Clément et Pierre Larousse. *Paris. Boyer*, s. d., gr. in-8, demi-rel. mar. brun.

566. Histoire du théâtre de l'opéra comique. *Paris. Lacombe*, 1769, 2 vol. in-12, demi-rel. veau.

567. Charles de Boigne. Petits mémoires de l'opéra. *Paris*, 1857, in-12, cart. toile.

568. Histoire anecdotique et raisonnée du théâtre italien depuis son rétablissement en France jusqu'à l'année 1769 (par Jullien Desboulmiers). *Paris, Lacombe*, 1769, 7 vol. in-12, bas. marb.

569. Théâtre de M. Favart, ou recueil des comédies, parodies et opéras-comiques qu'il a donnés jusqu'à ce jour, avec les airs, rondes et vaudevilles notés dans chaque pièce. *Paris, Duchesne*, 1763-1772, 10 vol. in-8, portr., fleurons et fig. par *Boucher, Eisen, Cochin, Gravelot*, etc., veau marb.

570. Intrigues politiques et galantes de la cour de France sous Charles IX, Louis XIII, Louis XIV, le Régent et Louis XV, mises en comédies par Ant.-Marie Roederer. *Paris, Ch. Gosselin*, 1832, in-8, demi-cart. toile, non rogné.

571. Œuvres dramatiques de Calderon, traduction de M. Antoine de Latour. *Paris, Didier*, 1871, 2 vol. in-8, br.

572. Œuvres complètes de Shakspeare, traduites de l'anglais par Letourneur, nouvelle édition revue et corrigée par F. Guizot et A.-P. (Pichot). *Paris, Ladvocat*, 1821, 13 vol. in-8, portr., bas., fil.

IV. FICTIONS EN PROSE

ROMANS ET CONTES FRANÇAIS ET ÉTRANGERS

573. Le Trésor littéraire, recueil en prose de morceaux empruntés aux écrivains les plus renommés de notre pays depuis le XIIIe siècle jusqu'à nos jours, publié par la Société des gens de lettres. *Paris, Hachette*, 1866, gr. in-8, fig., br.

574. Œuvres complètes de Mme Cottin, avec une notice sur la vie et les écrits de l'auteur. *Paris, Foucault*, 1820, 5 vol. in-8, fig., cart., non rognés.

575. Œuvres complètes de Pigault-Lebrun. *Paris, J.-N. Barba*, 1822, 20 vol. in-8, portr., br.

576. Le Poète, ou mémoires d'un homme de lettres, écrits par lui-même (par J.-B. Desforges), nouvelle édition, avec portrait et figures à chaque volume. *Paris, E. Babeuf*, 1819, 5 vol. in-12, portr. et fig. demi-rel. mar. vert, non rognés.

577. Prosper Mérimée. Théâtre de Clara Gazul, comédienne espagnole, suivi de la Jacquerie et de la famille Carvajal. — Colomba, suivi de la mosaïque. — Histoire de don Pèdre Ier, roi de Castille. *Paris, Charpentier*, 1865, 3 vol. in-12, demi-rel. chag. vert, têtes rouges, non rognés.

578. Le Manuscrit de ma mère, avec commentaire, prologue et épilogue, par A. de Lamartine. *Paris, Hachette*, 1871, in-8, br.

579. Mémoires secrets pour servir à l'histoire de Perse (par Pecquet). *A Amsterdam*, 1745, in-12, fleuron sur le titre, demi-rel. mar. rouge, dos et coins, têtes dor., non rogné.

580. La Gazette de Cythère, ou avantures galantes et récentes, arrivées dans les principales villes de l'Europe, traduite de l'anglais, avec le précis de la vie de la comtesse Du Barry (par J.-F. Bernard). *Londres*, 1775, in-12, port., veau marb.

581. Le Cabinet des Fées, ou collection choisie des contes des fées et autres contes merveilleux, ornés de figures. *Genève, Barbe Manget*, 1785, 41 vol. in-12, 118 figures dessinées par Marillier, demi-rel. chag. brun.

582. Les Cent nouvelles nouvelles, contenant les cent histoires nouveaux, qui sont moult plaisans à raconter, en toutes bonnes compagnies, par manière de joyeuseté ; nouvelle édition, ornée de cent figures en taille-douce et d'un frontispice. *Cologne, Pierre Marteau*,

1803, 2 vol. in-12, fig., demi-rel. chag. citron, dos et coins, têtes dor., non rognés.

583. Contes de J. Bocace, traduction nouvelle, enrichie de belles gravures. *Londres*, 1779, 10 vol. in-18, fig. de *Gravelot*, demi-rel. veau fauve, têtes dor., non rognés.

584. Histoire de l'admirable don Quichotte de la Manche (par Michel de Cervantès), traduction de Filleau de Saint-Martin, avec un essai sur la vie et les ouvrages de l'auteur par M. Auger. *Paris*, *Delongchamps*, 1825, 6 vol. in-8, portr., demi-rel. veau bleu, têtes dor., non rognés.

585. Œuvres complètes de L. Sterne, traduites de l'anglais, par une société de gens de lettres. *Paris*, *Ledoux*, 1818, 4 vol. in-8, portr., demi-rel. veau, non rognés.

586. Le Moine, par M. G. Lewis, traduction moderne, par M. Léon de Wailly. *Paris*, *Delloye*, 1840, 2 vol. in-12, fig., demi-rel. veau.

587. Œuvres de Walter Scott, traduction de M. Defauconpret, avec des éclaircissemens et des notes historiques. *Paris*, *Furne*, 1830, 32 vol. in-8, portr., demi-rel. veau vert.

Piqûres d'humidité.

588. Dictionnaire historique des anecdotes de l'amour. *Paris*, 1832. 5 tomes en 3 vol. in-8, demi-rel. chag. vert.

V. PHILOLOGIE

589. Dictionnaire pour l'intelligence des auteurs classiques, grecs et latins, tant sacrés que profanes, par M. Sabbathier. *Châlons-sur-Marne*, 1766-1815, 37 vol. in-8 et 2 vol. de pl., demi-rel. veau.

Les volumes de planches sont brochés.

590. Œuvres de M. Villemain. Tableau de la littérature au XVIIIe siècle, 4 vol. — Souvenirs contemporains, 2 vol. — Études de littérature, 2 vol. — Éloquence chrétienne. — Études d'histoire. — Discours et Mélanges. — Histoire de Cicéron. *Paris*, *Didier*, 1864, 12 vol. in-12, demi-rel. veau vert, têtes jasp., non rognés.

591. Beaumarchais et son temps, études sur la société en France au XVIIIe siècle, d'après des documents inédits, par Louis de Loménie. *Paris*, *Michel Lévy*, 1856, 2 vol. in-8, demi-rel. veau fauve, dos et coins, non rognés.

592. Œuvres politiques et littéraires d'Armand Carrel, mises en ordre, annotées et précédées d'une notice biographique sur l'auteur, par M. Littré et M. Paulin. *Paris*, *Chamerot*, 1857, 5 vol. in-8, demi-rel. chag. brun, non rognés.

593. Chateaubriand et son groupe littéraire sous l'empire, cours professé à Liège en 1848-1849 par C.-A. Sainte-Beuve. *Paris*, *Garnier*, 1861, 2 vol. in-8, br.

594. Mélanges religieux, historiques, politiques et littéraires, par Louis Veuillot. *Paris, L. Vives*, 1856-1860, 12 vol. in-8, br.

595. Questions d'histoire contemporaine, par Eugène Veuillot. *Paris, Gaume*, 1859, in-8, br.

596. Henri Nadault de Buffon. Les temps nouveaux. *Paris, Furne*, 1873, in-8, br.

597. Œuvres de lord Macaulay, traduites par M. Guillaume Guizot. Essais historiques et biographiques, 2 vol. — Essais politiques et philosophiques. — Essais sur l'Angleterre. — Essais littéraires. *Paris, Michel Lévy*, 1860-1865, 5 vol. in-8, br.

598. Le dictionnaire des Prétieuses, par le sieur de Somaize, nouvelle édition, augmentée de divers opuscules du même auteur relatifs aux Précieuses, par Ch. L. Livet. *Paris, P. Jannet*, 1856, 2 vol. in-12, cart. toile rouge, non rognés.

599. Dictionnaire des proverbes français, par M. de La Mésangère. *Paris, Treuttel et Wurtz*, 1823, in-8, demi-rel. veau fauve, tr. marbr.

600. Ménagiana, ou les bons mots et remarques critiques, historiques, morales et d'érudition de M. Ménage. *Paris, Florentin Delaulne*, 1715, 4 vol. in-12, demi-rel. veau gris, dos et coins.

Exemplaire non cartonné, les cartons ont été ajoutés à la fin de chaque volume.

601. Les Colloques d'Erasme, ouvrage très intéressant

par la diversité des sujets, nouvelle traduction par M. Gueudeville. *Leide, P. Van der Aa*, 1720, 6 vol. in-12, front. gr., veau marbr., fil.

VI. ÉPISTOLAIRES

602. Lettres de Gui-Patin, nouvelle édition augmentée de lettres inédites, précédée d'une notice biographique, accompagnée de remarques, par J.-H. Réveillé-Parise. *Paris, J.-B. Baillière*, 1846, 3 vol. in-8, portr., br.

603. Lettres de Mme de Maintenon et de la princesse Des Ursins. *Paris, Bossange*, 1826, 4 vol. in-8, demi-rel. veau fauve, dos et coins, têtes dor., non rognés.

604. Lettres inédites de Voltaire, recueillies par M. de Cayrol, et annotées par M. Alphonse François, précédées d'une préface de M. Saint-Marc Girardin. *Paris, Didier*, 1856, 2 vol. in-8, br.

605. Lettres de Mme la marquise de Pompadour, depuis 1753 jusqu'à 1762. *Londres, G. Owen*, 1774, 4 tomes en 1 vol. in-12, vél. bl.

606. Lettres de Mlle de Lespinasse, écrites depuis l'année 1773 jusqu'à l'année 1776. *Paris, Collin*, 1809, 2 vol. in-8, cart., non rognés.

607. Correspondance entre le comte de Mirabeau et le comte de La Marck pendant les années 1789, 1790 et 1791, recueillie, mise en ordre et publiée par M. Ad.

de Bacourt. *Paris*, *Le Normant*, 1851, 3 vol. in-8, demi-rel. bas. viol., non rognés.

608. Correspondance inédite de l'abbé Ferdinand Galiani avec Mme d'Épinay, le baron d'Holbach, le baron Grimm, etc. *Paris*, *Treuttel et Wurtz*, 1818, 2 vol. in-8, demi-rel. veau fauve, têtes dor., non rognés.

609. Correspondance de Lamartine, publiée par Mme Valentine de Lamartine. *Paris*, *Hachette*, 1873, 6 vol. — Mémoires inédits de Lamartine, 1790-1815. *Paris*, *Hachette*, 1870. — Ensemble 7 vol. in-8, br.

610. X. Doudan, Mélanges et lettres, avec une introduction par M. le comte d'Haussonville, et des notices par MM. de Sacy et Cuvillier-Fleury. *Paris*, *C. Lévy*, 1876, 4 vol. in-8, br.

VII. POLYGRAPHES

611. Œuvres choisies d'Étienne Pasquier, accompagnées de notes et d'une étude sur sa vie et sur ses ouvrages, par Léon Feugère. *Paris*, *Firmin-Didot*, 1849, 2 vol. in-12, demi-rel. veau, non rognés.

612. Les Œuvres diverses du sieur de Balzac. *Paris*, *Louis Billaine*, 1664, in-12, veau brun.

613. Les Œuvres de M. Scarron, revues, corrigées et augmentées de nouveau. *Paris*, *Guill. de Luyne*, 1669, 6 vol. in-12, portr. et front. gr., veau marbr., fil., tr. dor.

614. Œuvres de Blaise Pascal. *A La Haye, chez Detune*, 1779, 5 vol. in-8, portr., bas.

615. Œuvres de M. de Saint-Evremond, publiées sur ses manuscrits, avec la vie de l'auteur par M. Des Maizeaux. *Amsterdam, Covens et Mortier*, 1739, 5 vol. — Mélanges curieux des meilleures pièces attribuées à M. de Saint-Evremond, et de quelques autres ouvrages rares ou nouveaux. *Amsterdam*, 1739, 2 vol. — Ensemble, 7 vol. in-12, front., fig., fleurons et vignettes de *B. Picart*, et *J. Punt*, demi-rel. veau, non rognés.

616. De la manière d'enseigner et d'étudier les belles-lettres, par rapport à l'esprit et au cœur, par M. Rollin. *Paris, veuve Estienne*, 1740, 2 vol. — Histoire ancienne des Égyptiens, des Carthaginois, des Assyriens, des Babyloniens, des Mèdes et des Perses, des Macédoniens, des Grecs, par M. Rollin. *Paris, veuve Estienne*, 1748, 6 vol. — Histoire romaine, depuis la fondation de Rome jusqu'à la bataille d'Actium, par MM. Rollin et Crevier. *Paris, veuve Estienne*, 1742, 8 vol. — Ensemble, 16 vol. in-4, veau marb., fil.

617. Œuvres complètes de Fréret, édition augmentée de plusieurs ouvrages inédits, et rédigée par feu M. de Septchènes. *Paris, Dandré*, 1796, 20 tomes en 10 vol. in-8, cart. Bradel, non rognés.

618. Œuvres choisies de l'abbé Prevost, avec figures. *Paris, rue et hôtel Serpente*, 1783, 39 vol. in-8, portr. et fig. de Marillier, veau marbr.

619. Œuvres complètes de Voltaire, avec des remarques

et des notes historiques et littéraires, par MM. Auguis, Clogenson, Daunou, Louis Du Bois, Étienne, Charles Nodier, etc. *Paris*, *Delangle*, 1828, 97 vol. in-8, et 25 liv. contenant 100 figures dess. par MM. *Deveria* et *Chasselat*, br.

620. Œuvres de Mirabeau, précédées d'une notice sur sa vie et ses ouvrages, par M. Merilhou. *Paris*, *P. Dupont*, 1827, 9 vol. in-8, portr., demi-rel. bas., non rognés.

621. Œuvres badines et morales, historiques et philosophiques de Jacques Cazotte. *Paris*, *Bastien*, 1817, 4 vol. in-8, portr. et fig., xeau racine.

Exemplaire en papier vélin, figures AVANT LA LETTRE ; on y a ajouté la suite de 6 figures attribuées à *Moreau*, pour le Diable amoureux, édition de 1772.

622. Œuvres complètes de Pierre-Augustin Caron de Beaumarchais. *Paris*, *Collin*, 1809, 7 vol. in-8, portr. et fig. au trait, cart., non rognés.

623. Œuvres complètes de Marmontel, nouvelle édition, ornée de trente-huit gravures. *Paris*, *Verdière*, 1818, 19 vol. in-8, portr. et fig., cart., non rognés.

624. Œuvres de F.-B. Hoffmann. *A Paris*, *chez Lefèvre*, 1829, 10 vol. in-8, demi-rel. veau gris, non rognés.

625. Œuvres de P.-E. Lemontey, édition revue et préparée par l'auteur. *Paris*, *Sautelet*, 1829, 7 vol. in-8, demi-rel. bas., non rognés.

626. Œuvres complètes de H. Rigault, précédées d'une notice biographique et littéraire par M. Saint-Marc Girardin. *Paris*, *Hachette*, 1859, 4 vol. in-8, br.

627. Œuvres d'Alfred de Musset. *Paris*, *Charpentier*, 1861, 8 vol. in-12, demi-rel. veau fauve, dos et coins, têtes dor., non rognés.

628. Études littéraires par Victor Cousin. *Paris*, *Didier*, 1857, 2 vol. in-8, br.

Études sur Pascal. — Fragments et souvenirs littéraires.

629. Œuvres de Guizot. *Paris*, 1858-1863, 21 vol. in-8 br.

William Pitt et son temps, 4 vol. — Mélanges et portraits politiques, 2 vol. — Essai sur l'histoire de France. — Ménandre. — L'Église chrétienne, 4 vol. — Mélanges biographiques. — Mémoires, 8 vol.

630. Philarète Chasles. Le XVIIIe siècle en Angleterre, 2 vol. — Olivier Cromwell. — Études sur le moyen-âge. — Études sur le seizième siècle. — Études sur les hommes au XIXe siècle. — Études sur l'Allemagne. — Portraits contemporains. — Études sur l'Amérique. — Études sur la littérature de l'Angleterre. — Mémoires. — Études sur l'antiquité. *Paris*, 1848-1876, 12 vol. in-12, br.

631. Œuvres complètes d'Alexis de Tocqueville. De la démocratie en Amérique 3 vol. — Nouvelle correspondance. — Mélanges. — Études économiques. — Correspondance inédite, 2 vol. *Paris*, *Michel Lévy*, 1861-1866, 8 vol. in-8, br.

632. Sainte-Beuve. Port-Royal, 6 vol. — Portraits contemporains, 5 vol. — Volupté. — Études sur Virgile. — Chronique parisienne. — Correspondance, 2 vol. *Paris*, 1867-1878, 16 vol. in-12, br.

633. Louis Veuillot. Çà et là, 2 vol. — Les libres pen-

seurs. — L'honnête femme. *Paris*, *Lecoffre*, 1858-1860, 4 vol. in-12, demi-rel. veau fauve, dos et coins, têtes dor., non rognés.

L'exemplaire de *Çà et là* est imprimé sur papier rose. — La reliure des *Libres penseurs* est sans coins.

634. Œuvres complètes de Machiavel, traduites par J.-V. Périès. *Paris*, *Michaud*, 1823, 12 vol. — Machiavel, son génie et ses erreurs, par A.-F. Artaud. *Paris*, *Firmin Didot*, 1833, 2 vol. — Ensemble 14 vol. in-8, portr., cart., non rognés.

635. Cours de littérature grecque, ou recueil des plus beaux passages de tous les auteurs grecs, avec la traduction française en regard, et une notice historique et littéraire sur chaque auteur, par M. Planche. *Paris*, *Gauthier*, 1827, 7 vol. in-8, cart., non rognés.

Avec un envoi autographe de l'auteur.

HISTOIRE

I. GÉOGRAPHIE — VOYAGES

636. Dictionnaire général de biographie et d'histoire, de mythologie, de géographie et des antiquités par MM. Ch. Dezobry et Th. Bachelet. *Paris, Delagrave*, 1869, 2 vol. gr. in-8, demi-rel. mar. brun, dos et coins, non rognés.

637. Atlas universel d'histoire et de géographie par M. N. Bouillet. *Paris, Hachette*, 1865, gr. in-8, cart. et blasons en couleurs, cart. toile.

638. Géographie de Strabon, traduite du grec en français (par La Porte du Theil, Coray et Letronne). *A Paris, de l'Imprimerie Impériale*, 1805, 5 vol. in-4, demi-rel. bas.

639. L'Univers pittoresque, histoire et description de tous les peuples. *Paris, Firmin Didot*, 1840, 67 vol. in-8, nomb. fig., demi-rel. veau fauve.

640. Choix de voyages dans les quatre parties du monde, ou précis des voyages les plus intéressans par terre et par mer, entrepris depuis l'année 1806 jusqu'à ce jour, par J. Mac Carthy. *Paris, Locard*, 1821, 10 vol. in-8, fig. et cartes, demi-rel.

641. Voyage dans les mers du Nord, à bord de la corvette *La Reine Hortense*, par M. Ch. Edmond. *Paris, Michel Lévy*, 1857, gr. in-8, fig., br.

642. Le président De Brosses en Italie, lettres familières écrites d'Italie en 1739 et 1740, par Ch. De Brosses, édition revue sur les manuscrits, par M. R. Colomb. *Paris, Didier*, 1858, 2 vol. in-8, br.

643. Correspondance inédite de Victor Jacquemont avec sa famille et ses amis, 1824-1832, précédée d'une notice par Prosper Mérimée. *Paris, Michel Lévy*, 1867, 2 vol. in-8, br.

II. HISTOIRE UNIVERSELLE — HISTOIRE DES RELIGIONS — HISTOIRE ECCLÉSIASTIQUE

644. Histoire universelle, publiée par une société de professeurs et de savants, sous la direction de M. V. Duruy. Histoire sainte, grecque, romaine, du moyen-âge, de France, 2 vol. *Paris, Hachette*, 6 vol. in-12, br.

L'histoire sainte et celle du moyen-âge sont en demi-rel. veau fauve, têtes dor., non rognés.

645. Ernest Renan. Les apôtres. — Saint Paul. — L'Antechrist. — Les Évangiles. — Dialogues et fragments philosophiques. — Caliban. *Paris, Michel Lévy*, 1866-1878, 6 vol. in-8, br.

646. Conférences d'Angleterre, Rome et le Christianisme.

Marc-Aurèle, par Ernest Renan. *Paris, C. Lévy*, 1880, in-12, br.

L'un des quinze exemplaires en grand papier de Hollande.

647. Histoire de l'Église, écrite par Eusèbe, évêque de Césarée, traduite par M. Cousin. *Suivant la copie imprimée à Paris*, 1686, 5 vol. in-12, front. gr. par *R. de Hooghe*, vélin.

648. Histoire ecclésiastique, par M. l'abbé de Fleury. *Paris, Emery*, 1722, 36 vol. — Table générale des matières contenues dans les XXXVI volumes de l'histoire ecclésiastique de M. Fleury et du P. Fabre. *Paris, Desaint*, 1758. — Ensemble 37 vol. in-4, veau jaspé, fil.

649. Journal d'un missionnaire au Texas et au Mexique, par l'abbé E. Domenech, 1846-1852. *Paris, Gaume*, 1857, in-8, br.

650. Histoire de Grégoire VII, précédée d'un discours sur l'histoire de la papauté jusqu'au XIe siècle, par M. Villemain. *Paris, Didier*, 1874, 2 vol. in-8, portr., br.

651. Pie IX, sa vie, son histoire, son siècle, par J.-M. Villefranche. *Lyon, Josserand*, 1877, in-8, portr., br.

652. Histoire religieuse, politique et littéraire de la compagnie de Jésus, composée sur les documents inédits et authentiques par J. Cretineau-Joly. *Paris, Poussielgue*, 1851, 6 vol. in-8, portr., demi-rel. chag. violet, non rognés.

653. Port-Royal, par C.-A. Sainte-Beuve. *Paris, Hachette*, 1860, 5 vol. in-8, br.

654. Vies des pères, martyrs et autres principaux saints, traduction libre de l'anglais d'Alban-Butler, par l'abbé Godescard. *Paris*, *Guyot*, 1851, 13 vol. in-8, fig., br.

III. HISTOIRE ANCIENNE

HISTOIRE GRECQUE — HISTOIRE ROMAINE

655. Histoire d'Hérodote, traduite du grec, avec des remarques historiques et critiques, par M. Larcher. *Paris*, *Musier*, 1786, 7 vol. in-8, veau marbr., fil.
Exemplaire en papier de Hollande.

656. G. Grote. Histoire de la Grèce, depuis les temps les plus reculés jusqu'à la fin de la génération contemporaine d'Alexandre le Grand, traduit de l'anglais par A.-L. de Sadous. *Paris*, *Lacroix*, 1864, 19 tomes en 10 vol. in-8, demi-rel. chag. rouge, non rognés.

657. Histoire du siècle de Périclès, par M. E. Filleul. *Paris*, *Firmin-Didot*, 1873, 2 vol. in-8, br.

658. Histoire de Jules César (par Napoléon III). *Paris*. *H. Plon*, 1865, 2 vol. gr. in-8 et atlas, br.

659. Œuvres complètes de Tacite, traduction nouvelle, avec le texte en regard, des variantes et des notes, par J.-L. Burnouf. *Paris*, *Hachette*, 1833, 6 vol. in-8, demi-rel. veau, tr. marbr.

660. Amien Marcellin, Jornandès Frontin (les Stratagèmes), Vegèce Modestus, avec la traduction en fran-

çais, publiés sous la direction de M. Nisard. *Paris, Firmin-Didot*, 1869, in-8, br.

661. L'Histoire romaine à Rome, par J.-J. Ampère. *Paris, Michel Lévy*, 1866, 4 vol. in-8, br.

662. L'Empire romain à Rome, par J.-J. Ampère. *Paris, Michel Lévy*, 1867, 2 vol. in-8, br.

663. Histoire des empereurs romains, depuis Auguste jusqu'à Constantin, par M. Crevier. *Paris, Desaint et Saillant*, 1750, 6 vol. in-4, veau marbr., fil.

IV. HISTOIRE MODERNE

I. GÉNÉRALITÉS

664. Les Arts au moyen-âge et à l'époque de la Renaissance, par Paul Lacroix. *Paris, Firmin Didot*, 1869, gr. in-8, fig. noires et en couleurs, br.

665. Mémoires pour servir à l'histoire des évènemens de la fin du dix-huitième siècle, depuis 1760 jusqu'en 1806-1810, par feu M. l'abbé Georgel. *Paris, Eymery*. 1817, 6 vol. in-8, bas. jasp.

666. G.-G. Gervinus. Histoire du dix-neuvième siècle, depuis les traités de Vienne, traduit de l'allemand par J.-F. Minssen. *Paris, Lacroix*, 1864, 21 vol. in-8, br.

667. Histoire de la civilisation en France et en Europe, depuis la chute de l'empire romain, par M. Guizot.

Paris, Didier, 1840, 5 vol. in-8, portr., demi-rel. veau gris.

2. HISTOIRE DE FRANCE

A. *Géographie. — Histoire générale.*

668. Histoire des villes de France, avec une introduction générale pour chaque province, par M. Aristide Guilbert. *Paris, Furne*, 1844, 6 vol. gr. in-8, fig., demi-rel. chag. bleu.

669. Histoire des paysans, depuis la fin du moyen-âge jusqu'à nos jours, 1200-1850, précédée d'une introduction par Eugène Bonnemère. *Paris, F. Chamerot*, 1856, 2 vol. in-8, br.

670. Histoire de France, depuis les origines jusqu'à nos jours, par M. C. Dareste. *Paris, H. Plon*, 1865, 9 vol. in-8, br.

671. Histoire des Français, depuis les temps des Gaulois jusqu'en 1830, par M. Théophile Lavallée. *Paris, Paulin*, 1838, 4 vol. in-8, br.

672. Histoire des Français, depuis les temps des Gaulois jusqu'en 1830, par Théophile Lavallée. *Paris, Hetzel*, 1847, 4 vol. in-12, demi-rel. chag. rouge, tr. jasp.

673. Les Crimes des rois de France, depuis Clovis jusqu'à Louis seize. — Les Crimes des reines de France, depuis le commencement de la monarchie jusqu'à Marie-Antoinette. — Les Crimes des papes, depuis

saint Pierre jusqu'à Pie VI, par Louis de Lavicomtrie. *A Paris*, 1792, 3 vol. in-8, fig., br.

674. Œuvres complètes d'Augustin Thierry. *Paris, Furne*, 1859, 5 vol. in-8, portr., demi-rel. mar. vert, dos et coins, têtes dor., non rognés.

B. *Histoire particulière sous chaque règne jusqu'à Louis XVI.*

675. Œuvres de Jean, sire de Joinville, comprenant : l'histoire de saint Louis, le Credo et la lettre à Louis X, publiées par M. Natalis de Wailly. *Paris, A. Le Clerc*, 1837, in-8, front. en or et en couleurs, br.

676. Histoire des ducs de Bourgogne, de la maison de Valois, 1364-1477, par M. de Barante. *Paris, Ladvocat*. 1826, 13 vol. et atlas in-8, fig., demi-rel. veau gris, non rognés.

677. Mémoires de messire Philippe de Comines, seigneur d'Argenton, édition nouvelle enrichie de figures et augmentée de plusieurs traittez, contrats, testamens et autres pièces nouvelles par M. Godefroy. *A Brusselle, chez Fr. Foppens*, 1723, 5 vol. pet. in-8, front. et fig., veau brun.

678. Rivalité de François Ier et de Charles-Quint, par M. Mignet. *Paris, Didier*, 1875, 2 vol. in-8, br.

679. Marie Stuart et Catherine de Médicis, étude historique sur les relations de la France et de l'Écosse dans la seconde moitié du XVIe siècle, par A. Cheruel. *Paris, Hachette*, 1858, in-8. br.

680. Mémoires de Condé, servant d'éclaircissement et de preuves à l'histoire de M. de Thou, enrichis d'un grand nombre de pièces et augmentés d'un supplément (par Lenglet-Du Fresnoy). *Paris*, *Rollin*, 1743, 6 vol. in-4, front., portr., veau marb.

681. Mémoires de la Ligue, contenant les évènemens les plus remarquables depuis 1576 jusqu'à la paix accordée entre le roi de France et le roi d'Espagne en 1598 (par Simon Goulard), nouvelle édition revue, corrigée et augmentée (par l'abbé Goujet). *Amsterdam*, *Arkstée et Merkus*, 1758, 6 vol. in-4, veau écaille, fil.

Exemplaire en grand papier.

682. Henri de Valois et la Pologne en 1572, par le marquis de Noailles. *Paris*, *Michel Lévy*, 1867, 3 vol. in-8, fig. et cart., br.

683. Histoire du règne de Henri IV, par M. Auguste Poirson, troisième édition. *Paris*, *Didier*, 1865, 4 vol. in-8, demi-rel. chag. brun, dos et coins, têtes dor., non rognés.

684. Les Aventures du baron de Fæneste, par Théodore Agrippa d'Aubigné, nouvelle édition, revue et annotée par M. Prosper Mérimée. *Paris*, *P. Jannet*, 1855, in-12. cart. toile rouge, non rogné.

685. Histoire de France sous Louis XIII, par M. A. Bazin. *Paris*, *Chamerot*, 1838, 4 vol. — Histoire de France sous le ministère du cardinal Mazarin, par M. A. Bazin. *Paris*, *Chamerot*, 1842, 2 vol. — Ensemble 6 vol. in-8, demi-rel. chag. vert.

686. Mémoires de Mme de Motteville sur Anne d'Autriche et sa cour, nouvelle édition d'après le manuscrit de Conrart, et une notice par Sainte-Beuve. *Paris, Charpentier*, 1855, 4 vol. in-12, demi-rel. mar. vert, dos et coins, non rognés.

687. Journal d'Olivier Lefèvre d'Ormesson, et extraits des mémoires d'André Lefèvre d'Ormesson, publiés par M. Cheruel. *Paris, Imprimerie Impériale*, 1860, 2 vol. in-4, cart., non rognés.

688. Œuvres de Louis XIV. *Paris, Treuttel et Wurtz*, 1806, 6 vol. in-8, portr., demi-rel. veau fauve, dos et coins, non rognés.

689. La jeunesse de Mazarin, par M. Victor Cousin. *Paris, Didier*, 1865, in-8, br.

690. Mémoires du cardinal de Retz, de Guy Joly et de la duchesse de Nemours, contenant ce qui s'est passé de remarquable en France pendant les premières années du règne de Louis XIV. *Paris, E. Ledoux*, 1820, 6 vol. in-8, portr., demi-rel. veau fauve.

691. Études sur la société et les femmes illustres du XVIIe siècle, par Victor Cousin. *Paris, Didier*, 1858, 8 vol. in-8 br.

La société française au XVIIe siècle, 2 vol. — Jacqueline Pascal. — Mme de Longueville. — Mme de Sablé. — Mme de Chevreuse. — Mme de Hautefort.

692. Histoire de la Fronde par M. le comte de Sainte-Aulaire. *Paris, Ducrocq*, 1843, 2 vol. gr. in-8, portr. et fig., demi-rel. veau vert.

693. Mémoires de Mlle de Montpensier, petite-fille de Henri IV, collationnés sur le manuscrit original, avec notes par A. Cheruel. *Paris*, *Charpentier*, 1858, 4 vol. in-12, demi-rel. veau fauve, têtes dor., non rognés

694. Mémoires sur la vie publique et privée de Fouquet, d'après ses lettres et des pièces inédites par A. Cheruel. *Paris*, *Charpentier*, 1862, 2 vol. in-8, br.

695. Mémoires du marquis de Pomponne, ministre et secrétaire d'État au département des affaires étrangères, publiés d'après un manuscrit inédit par J. Mavial. *Paris*, *B. Dupret*, 1860, 2 vol. in-8, br.

696. Correspondance complète de Madame, duchesse d'Orléans, née princesse Palatine, mère du régent, traduction entièrement nouvelle, par M. G. Brunet. *Paris*, *Charpentier*, 2 vol. — Lettres inédites de la princesse Palatine, traduites par A. A. Rolland. *Paris*, *Hetzel*. — Ensemble 3 vol. in-12, demi-rel. chag. vert, têtes dor., non rognés.

697. L'Europe et les Bourbons sous Louis XIV, par Marius Topin. *Paris*, *Didier*, 1868, in-8, br.
Avec un envoi autographe à M. B. Jouvin.

698. La Princesse des Ursins, essai sur sa vie et son caractère politique, par M. François Combes. — Lettres inédites de la princesse des Ursins, recueillies et publiées par M. A. Geoffroy. — *Paris*, *Didier*, 1858, 2 vol. in-8, br.

699. La France sous Louis XV (1715-1774), par M. Alphonse Jobez. *Paris*, *Didier*, 1864-1873, 6 vol.

in-8, demi-rel. mar. rouge, dos et coins, têtes dor., non rognés.

Les tomes 5 et 6 sont brochés.

700. Vie privée de Louis XV, ou principaux évènements, particularités et anecdotes sur son règne (par Moufle d'Argenville). *A Londres*, 1781, 4 vol. in-12, portr., demi-rel. chag. brun.

701. Mémoires et Journal inédit du marquis d'Argenson, ministre des affaires étrangères sous Louis XV, publiés et annotés par M. le marquis d'Argenson. *Paris, P. Jannet*, 1857, 5 vol. in-12, cart. toile rouge, non rognés.

702. Mémoires du duc de Luynes sur la cour de Louis XV (1735-1758), publiés sous le patronage de M. le duc de Luynes, par MM. L. Dussieux et Eud. Soulié. *Paris, Firmin Didot*, 1860, 17 vol. in-8, br.

703. Mémoires du maréchal duc de Richelieu. *Paris, Buisson*, 1790, 9 vol. — Vie privée du maréchal de Richelieu, contenant ses amours et intrigues. *Paris, Buisson*, 1791, 3 vol. — Ensemble 12 vol. in-8, veau jasp., fil.

704. Le Gazetier cuirassé, ou anecdotes scandaleuses de la cour de France (par Théveneau de Morande) *S. l.*, 1785, in-12, front. gravé, br.

705. Paris, Versailles et les provinces au dix-huitième siècle, anecdotes sur la vie privée de plusieurs ministres, évêques, magistrats célèbres, hommes de lettres, et autres personnages connus sous les règnes de

Louis XV et Louis XVI, par un ancien officier aux gardes françaises. *Paris, Nicolle*, 1817, 2 vol. in-8, br.

706. Mémoires du comte Alexandre de Tilly, pour servir à l'histoire des mœurs de la fin du XVIIIe siècle. *Paris*, 1828, 3 vol. in-8, cart., non rognés.

707. Mémoires du duc de Lauzun (1747-1783), publiés pour la première fois, avec les passages supprimés, les noms propres, une étude sur la vie de l'auteur, des notes et une table générale, par *Louis Lacour*. *Paris, Poulet-Malassis*, 1859, in-12, demi-rel. veau fauve, dos et coins, tête dor., non rogné.

708. Histoire du règne de Louis XVI, pendant les années où l'on pouvait prévenir ou diriger la révolution française, par Joseph Droz. *Paris, Jules Renouard*, 1839, 3 vol. in-8, demi-rel. chag. brun.

709. Marie-Antoinette, correspondance secrète entre Marie-Thérèse et le comte de Mercy-Argenteau, avec les lettres de Marie-Thérèse et de Marie-Antoinette, par M. le Chevalier Alfred D'Arneth et M. A. Geoffroy. *Paris, Firmin Didot*, 1874, 3 vol. in-8, br.

C. *Révolution.*

710. La Vie privée du duc de Chartres, aujourd'hui duc d'Orléans, par une société d'amis du prince.

Imprimé sur les débris de la Bastille, juin 1790, in-8, demi-cart. toile, non rogné.

711. Mémoires de Brissot sur ses contemporains et la

Révolution française, publiés par son fils. *Paris, Ladvocat*, 1830, 4 vol. in-8, cart., non rognés.

712. Réimpression de l'ancien *Moniteur*, seule histoire authentique et inaltérée de la Révolution française, avec des notes explicatives. *Paris, Plon*, 1850, 32 vol. gr. in-8, demi-rel. chag. rouge.

713. La France libre, par Camille Desmoulins. *Paris, Garneray*, an premier, in-8, fig., br.

714. La Galerie des états-généraux. *S. l.*, 1789, 2 vol. — La Galerie des dames françoises. *Londres*, 1790. — Ensemble, 3 tomes en 1 vol. in-8, bas. marbr.

Avec les clefs des noms.

715. Histoire de la Révolution de France, par deux amis de la liberté (Kerverseau, Clavelin, continuée par Lombard de Langres). *Paris, Bidault*, 1790-1802, 20 vol. in-8, br.

716. Précis historique de la Révolution française. — Assemblée législative. — Assemblée constituante. — Convention nationale, 2 vol. — Directoire exécutif, 2 vol., par Lacretelle jeune. *Paris*, 1804, 6 vol. in-18, 10 figures de *Moreau* et *Duplessis-Bertaux*, veau jasp., dent.

717. Histoire de la Révolution française par M. Louis Blanc. *Paris, Langlois et Leclercq*, 1847-1862, 12 vol. in-8, br.

718. Histoire de la Révolution française par Louis Blanc, ornée de 600 gravures. *Paris, Lahure*, 4 vol. in-4, cart. toile, tr. dor.

719. Histoire des salons de Paris, tableaux et portraits du grand monde, par la duchesse d'Abrantès. *Bruxelles, Hauman*, 1837, 6 vol. in-12, br.

720. Mémoires, correspondance et manuscrits du général Lafayette, publiés par sa famille. *Paris, H. Fournier*, 1837, 6 vol. in-8, demi-rel. veau.

721. Révolutions de Paris, dédiées à la nation (par Prudhomme). *Paris*, 1790-1793, 17 vol. in-8 (225 numéros), demi-rel. bas. verte.

722. Révolutions de France et de Brabant, par M. (Camille) Desmoulins, du 28 novembre 1789 à fin 1791, 92 numéros en 9 vol. in-8, fig., bas. marbr.
Avec le prospectus.

723. Discours de la lanterne aux Parisiens (par Camille Desmoulins). *Paris, Garneray*, an Ier, in-8, front. gr., br.

724. Émile Campardon. Histoire du tribunal révolutionnaire de Paris (17 mars 1793-31 mai 1795), d'après les documents originaux. *Paris, Poulet-Malassis*, 1862, 2 vol. in-12, demi-rel. chag. brun, têtes dor., non rognés.

725. Histoire de la Convention nationale par M. de Barante. *Paris, Furne*, 1851, 6 vol. in-8, demi-rel. chag. vert, non rognés.

726. Histoire des Girondins par A. de Lamartine. *Paris, Furne*, 1847, 8 vol. in-8, portr., demi-rel. veau fauve, têtes dor., non rognés.

727. Mémoires de Garat, avec une préface par E. Maron.

Paris, *Poulet-Malassis*, 1862, in-12, demi-rel. chag. rouge, tête dor., non rogné.

728. Mémoires de Louvet, avec une introduction par M. E. Maron. Mémoires de Dulaure, avec une introduction par M. L. de La Sicotière. *Paris*, *Poulet-Malassis*, 1862, in-12, demi-rel. chag. rouge, tête dor., non rogné.

729. Mémoires et correspondance de Mallet du Pan, pour servir à l'histoire de la Révolution française, recueillis et mis en ordre par A. Sayous. *Paris*, *Amyot*, 1851, 2 vol. in-8, demi-rel. veau rose.

730. Histoire du Directoire de la République française par M. de Barante. *Paris*, *Didier*, 1855, 3 vol. gr. in-8, demi-rel. chag. vert, non rognés.

731. Mémoires tirés des papiers d'un homme d'État, sur les causes secrètes qui ont déterminé la politique des cabinets dans les guerres de la Révolution (par le comte A.-F. d'Allonville). *Paris*, *Michaud*, 1831, 31 vol. in-8, demi-rel. veau fauve.

D. *Empire.*

732. Vie de Napoléon Buonaparte, empereur des Français, précédée d'un tableau préliminaire de la Révolution française, par sir Walter Scott. *Paris*, *Gosselin*, 1827, 9 vol. in-8, demi-rel. bas.

733. Napoléon, par Alexandre Dumas, avec douze por-

traits en pied. *Paris*, *Delloye*, 1840, gr. in-8, portr., demi-rel. chag. vert.

734. Histoire de Napoléon Ier, par P. Lanfrey. *Paris*, *Charpentier*, 1867, 5 vol. in-12, br.

735. Histoire de Napoléon et de la grande armée pendant l'année 1812, par M. le général comte de Ségur. *Paris*, *Baudouin*, 1826, 2 vol. in-8, front. gr., portr. et fig., veau violet, fers à froid, tr. dor.

736. Mémoires de Bourienne sur Napoléon, le Directoire, le Consulat, l'Empire et la Restauration. *Paris*, *Ladvocat*, 1830, 10 vol. in-8, demi-rel. bas., non rognés.

737. Mémoires du comte Beugnot, ancien ministre, 1783-1815, publiés par le comte Albert Beugnot, son petit-fils. *Paris*, *Dentu*, 1868, 2 vol. in-8, br.

738. Mémoires anecdotiques sur l'intérieur du palais et sur quelques évènemens de l'empire, depuis 1805 jusqu'au 1er mai 1814, pour servir à l'histoire de Napoléon, par L.-F.-J. De Bausset. *Paris*, *Baudouin*, 1827, 4 vol. in-8, portr., cart., non rognés.

739. Mémoires d'une contemporaine ou souvenirs d'une femme, sur les principaux personnages de la République, du Consulat, de l'Empire, etc. (par Ida Saint-Elme). *Paris*, *Ladvocat*, 1827, 8 vol in-8, cart.

740. Mémoires et souvenirs d'un pair de France, ex-membre du sénat conservateur. *Paris*, 1840, 4 vol. in-8, demi-rel. chag. brun, non rognés.

741. Mémoires du comte Miot de Mélito, ancien ministre,

ambassadeur et conseiller d'Etat. *Paris*, *Michel Lévy*, 1858, 3 vol. in-8, demi-rel. bas.

E. *Restauration jusqu'à nos jours.*

742. Histoire des deux Restaurations jusqu'à l'avènement de Louis-Philippe (de janvier 1813 à octobre 1830), par Ach. de Vaulabelle. *Paris*, *Garnier*, s. d., 8 vol. in-8, br.

743. Histoire de la Restauration, par M. F.-P. Lubis. *Paris*, *Parent-Desbarres*, 1848, 6 vol. in-8, demi-rel. veau bleu, non rognés

744. Histoire de la Restauration, par Alfred Nettement. *Paris*, *J. Lecoffre*, 1860, 8 vol. in-8, br.

745. Histoire de la Restauration, par M. C. Dareste. *Paris*, *E. Plon*. 1879, 2 vol. in-8, br.

746. Mémoires sur la Restauration ou souvenirs historiques sur cette époque, la Révolution de juillet et les premières années du règne de Louis-Philippe, par Mme la duchesse d'Abrantès. *Paris*, *L'Henry*, 1835, 6 vol. in-8, demi-rel. bas., non rognés.

747. Histoire du gouvernement parlementaire en France, 1814-1848, précédée d'une introduction, par M. Duvergier de Hauranne. *Paris*, *Michel Lévy*, 1857-1872, 10 vol. in-8, br.

748. La France parlementaire (1834-1851), œuvres oratoires et écrits politiques, par A. de Lamartine. *Paris*, *Lacroix*, 6 vol. in-8, br.

749. Mémoires de Louis XVIII, recueillis et mis en ordre, par M. le duc de D****. *Paris, Mame-Delaunay*, 1832, 12 tomes en 6 vol. in-8, demi-rel. veau brun, non rognés.

750. Mémoires d'une femme de qualité, sur Louis XVIII, sa cour et son règne. *Paris, Mame et Delaunay*, 1829, 6 vol. in-8, demi-rel. veau vert.

751. Souvenirs et mémoires de Mme la comtesse Merlin, publiés par elle-même. *Paris, Charpentier*, 1836, 4 tomes en 2 vol. in-8, demi-rel. veau, non rognés.

752. Le ministère de M. de Martignac, sa vie politique et les dernières années de la Restauration, par Ernest Daudet. *Paris, Dentu*, 1875, in-8, br.

753. Mémoires de Fauche-Borel. *Paris, Moutardier*, 1829, 4 vol. in-8, portr., demi-rel. chag. noir.

754. Histoire de Louis-Philippe Ier, roi des Français, 1830-1848, par Victor de Nouvion. *Paris, Didier*, 1857, 4 vol. in-8, br.

755. Histoire de Louis-Philippe d'Orléans et de l'Orléanisme, par J. Crétineau-Joly. *Paris, Lagny*, 1862, 2 vol. in-8, br.

Envoi autographe de l'auteur.

756. Histoire de dix ans, 1830-1840, par M. Louis Blanc, dixième édition. *Paris, Perrotin*, s. d. 5 vol. — Histoire de huit ans, 1840-1848, par Elias Regnault. *Paris, Pagnerre*, 1860, 3 vol. — Ensemble 8 vol. in-8, portr. et fig., demi-rel. chag. vert.

757. Une année de révolution, d'après un journal tenu à Paris en 1848, par le marquis de Normanby, K. G. *Paris*, *Plon*, 1859, 2 vol. in-8, br.

758. Revue rétrospective, ou archives secrètes du dernier gouvernement, recueil périodique (publié par Taschereau). *Paris*, *Paulin*, 1848, gr. in-8, cart.

Exemplaire contenant les numéros 32 et 33 qui manquent presque toujours.

759. Revue rétrospective, ou archives secrètes du dernier gouvernement (publié par Taschereau). *Paris*, *Paulin*, 1848, gr. in-8, br.

760. Journal d'un ministre, œuvre posthume du comte de Guernon-Ranville, publié par M. Julien Travers. *Caen*, *Le Blanc-Hardel*, 1873, in-8, br.

761. Mémoires et nouveaux mémoires d'un bourgeois de Paris, par le docteur L. Véron. *Paris*, *G. de Gonet*, 1853, 7 vol. in-8, demi-rel. chag. brun.

762. Souvenirs de M. Berryer, doyen des avocats de Paris, de 1774 à 1838. *Paris*, *A. Dupont*, 1839, 2 vol. in-8, br.

763. Mémoires du marquis de Boissy, 1788-1866, rédigés d'après ses papiers, par Paul Breton. *Paris*, *Dentu*, 1870, 2 vol. in-8, portr., br.

F. *Histoire de Paris.*

764. Paris pendant la Révolution (1789-1798) ou le nouveau Paris, par Sébastien Mercier. *Paris*, *Poulet-*

Malassis, 1862, 2 vol. in-12, demi-rel. chag. rouge, têtes dor., non rognés.

765. Mémoires tirés des archives de la police de Paris, pour servir à l'histoire de la morale et de la police, depuis Louis XIV jusqu'à nos jours, par J. Peuchet. *Paris*, *Levavasseur*, 1838, 6 vol. in-8, demi-rel. chag. noir, non rognés.

3. HISTOIRE DES PAYS ÉTRANGERS

766. Voyages historiques, littéraires et artistiques en Italie, guide raisonné et complet du voyageur et de l'artiste, par M. Valéry. *Paris*, *Aimé André*, 1838, 3 vol. in-8, demi-rel. veau vert, dos et coins, non rognés.

Nombreuses figures ajoutées.

767. Voyage en Italie, par H. Taine. *Paris*, *Hachette*, 1866, 2 vol. in-8, br.

Edition originale, cachet sur le titre du tome premier.

768. Histoire générale d'Espagne, du P. Jean de Mariana, de la compagnie de Jésus, traduite en françois par le P. J.-N. Charenton. *Paris*, *Le Mercier*, 1725, 6 vol. in-4, veau brun.

Exemplaire en grand papier, avec la dissertation de Mahudet sur quelques monnoies d'Espagne.

769. Mémoires de Frédéric II, roi de Prusse, écrits en français par lui-même, avec des notes et des tables par MM. E. Boutaric et E. Campardon. *Paris*, *H. Plon*, 1866, 2 vol. in-8, br.

770. Histoire secrète de la cour de Berlin, ou correspondance d'un voyageur françois, depuis le 5 juillet 1786 jusqu'au 19 janvier 1787 (par le comte de Mirabeau). *S. l.*, 1789, 2 vol. in-8, demi-rel. mar. brun, tr. marbr.

771. Lettres sur l'Angleterre, par Louis Blanc. *Paris, Lacroix*, 1865, 4 vol. in-8, br.

772. Histoire d'Angleterre, par M. Rapin Thoyras. *La Haye, A. de Rogissart*, 1727, 13 vol. in-4, front. gr., cartes, vignettes et portr., veau jaspé.

773. Histoire de la révolution d'Angleterre, par M. Guizot. *Paris, Didier*, 1862, 6 vol. in-8, br.

Histoire de Charles Ier. — Histoire de la république d'Angleterre et de Cromwell. — Histoire du protectorat de Richard Cromwell.

774. Histoire de Cromwell, d'après les mémoires du temps et les recueils parlementaires, par M. Villemain. *Paris, Maradan*, 1819, 2 vol. in-8, cart., non rognés.

775. Mémoires concernant Christine, reine de Suède, pour servir d'éclaircissement à l'histoire de son règne, suivis de deux ouvrages de cette princesse, qui n'ont jamais été imprimés. *Amsterdam, P. Mortier*, 1751, 4 vol. in-4, portr., veau marb., fil.

776. D. Mackensie Wallace. La Russie, le pays, les institutions, les mœurs, traduit de l'anglais par Henri Bellanger. *Paris, Decaux*, 1877, 2 vol. in-8, br.

777. Nouveaux mémoires sur l'état présent de la Chine, par le P. Louis le Comte. *Paris, J. Anisson*, 1696, 2 vol. in-12, veau brun.

V. PARALIPOMÈNES HISTORIQUES

1. NOBLESSE — ARCHÉOLOGIE

778. La Noblesse de France aux croisades, publié par P. Roger. *Paris*, *Derache*, 1845, gr. in-8, fig. sur pap. de Chine, vignettes, br.

779. Dictionnaire des antiquités romaines et grecques, accompagné de 2.000 gravures d'après l'antique par Anthony Rich, traduit de l'anglais, sous la direction de M. Cheruel. *Paris*, *Firmin Didot*, 1861, in-8, fig., demi-rel. veau vert, tête dor., non rogné.

780. Abécédaire ou rudiment d'archéologie par M. A. de Caumont. — Architecture religieuse. — Architecture civile et militaire. — Ère Gallo-Romaine. *Caen*, *Le Blanc-Hardel*, 1870, 3 vol. in-8, portr. et fig., br.

2. HISTOIRE LITTÉRAIRE

781. Histoire de la littérature française par D. Nisard. *Paris*, *Firmin Didot*, 1864, 4 vol. in-12, demi-rel. veau, têtes dor., non rognés.

782. Mélanges d'histoire littéraire et de littérature par J.-J. Ampère. *Paris*, *Michel Lévy*, 1867, 2 vol. in-8, br.

783. Bonaventure Despériers, Cirano de Bergerac, par

M. Ch. Nodier. *Paris, J. Techener*, 1841, in-12, demi-rel. mar. rouge, dos et coins, tête dor., non rogné.

784. Journal historique, ou mémoires critiques et littéraires sur les ouvrages dramatiques et sur les évènemens les plus mémorables, depuis 1748 jusqu'en 1751, par Charles Collé. *Paris*, 1805, 3 vol. in-8, demi-rel.

785. Journal, mémoires et correspondance de Charles Collé, sur les hommes de lettres, les ouvrages dramatiques et les évènements les plus mémorables du règne de Louis XV (1748-1772), nouvelle édition, avec une introduction et des notes par Honoré Bonhomme. *Paris, Firmin Didot*, 1868, 4 vol. in-8, portr., demi-rel. mar. vert, têtes dor., non rognés.

786. Personnages énigmatiques, histoires mystérieuses, évènements peu ou mal connus, par Frédéric Bulau, traduit de l'allemand par W. Duckett. *Paris, Poulet-Malassis*, 1861, 3 vol. in-12, demi-rel. chag. brun, têtes dor., non rognés.

787. Histoire de la littérature anglaise, par H. Taine. *Paris, Hachette*, 1863, 4 vol. in-8, br.

Avec un envoi autographe de l'auteur à M. B. Jouvin.

788. Histoire de l'Académie française par Pelisson et d'Olivet, avec une introduction, des éclaircissements et notes par M. Ch.-L. Livet. *Paris, Didier*, 1868, 2 vol. in-8, fig., br.

789. Histoire de l'Académie royale des inscriptions et belles-lettres, depuis son établissement jusqu'à présent, avec les Mémoires de littérature tirez des registres de

cette Académie. *A Paris, de l'Imprimerie Royale*, 1717-1808, 50 vol. — Tableau général raisonné et méthodique des ouvrages contenus dans le Recueil des mémoires de l'Académie royale des inscriptions et belles-lettres, 1 vol. — Ensemble, 51 vol. in-4, veau marb.

Exemplaire de Jules Janin.

790. Galerie des académiciens, portraits littéraires et artistiques, par G. Vattier. *Paris, Amyot*, 1863, 3 vol. in-18, demi-rel. veau, non rognés.

3. BIOGRAPHIE

791. Biographie universelle, ancienne et moderne, rédigée par une Société de gens de lettres et de savants. *Paris, Michaud*, 1811-1862, 85 vol. in-8, les 52 premiers demi-rel. veau vert, le supplément bas. racine.

Les 52 premiers volumes sont en grand papier vélin.

792. Nouvelle biographie générale, depuis les temps les plus reculés jusqu'à nos jours, avec les renseignements bibliographiques et l'indication des sources à consulter, sous la direction de M. le Dr Hoefer. *Paris, Firmin Didot*, 1857-1866, 46 vol. in-8, br.

793. Dictionnaire critique de biographie et d'histoire, errata et supplément pour tous les dictionnaires historiques, par A. Jal. *Paris, H. Plon*, 1867, gr. in-8, bas., fers à froid.

794. Histoire de la vie et des poésies d'Horace, par

M. le baron de Walckenaer. *Paris*, *Michaud*, 1740, 2 vol. in-8, portr., demi-rel. veau.

795. Vies des savants illustres depuis l'antiquité jusqu'au dix-neuvième siècle, avec l'appreciation de leurs travaux par Louis Figuier. *Paris*, *Hachette*, 1870, 5 vol. in-8, portr. et fig., br.

796. Dictionnaire universel des contemporains, contenant toutes les personnes notables de la France et des pays étrangers, par G. Vapereau. *Paris*, *Hachette*, 1865, gr. in-8, cart. toile.

797. Dictionnaire universel des contemporains, contenant toutes les personnes notables de la France et des pays étrangers, par G. Vapereau. *Paris*, *Hachette*, 1870, gr. in-8, demi-rel. chag. brun, dos et coins, non rogné.

798. Mémoires pour servir à l'histoire des hommes illustres, dans la République des lettres (par le P. Niceron, Oudid, J.-B. Michault et l'abbé Goujet), avec un catalogue raisonné de leurs ouvrages. *A Paris*, *chez Briasson*, 1727-1745, 42 tomes en 43 vol. in-12, veau brun.

799. Histoire de la vie et des ouvrages de P. Corneille, par M. J. Taschereau. *Paris*, *Jannet*, 1855, in-12, cart. toile rouge, non rogné.

800. Études sur la vie de Bossuet, jusqu'à son entrée en fonctions en qualité de précepteur du Dauphin (1627-1670), par A. Floquet. *Paris*, *Firmin Didot*, 1855, 3 vol. in-8, demi-rel. veau fauve, têtes dor., non rognés.

Chiffre couronné sur les dos.

801. L'abbé Le Dieu, mémoires et journal sur la vie et les ouvrages de Bossuet, publiés pour la première fois par M. l'abbé Guettée. *Paris, Didier*, 1856, 4 vol. in-8, br.

802. Voltaire et la société au XVIIIe siècle, par Gustave Desnoiresterres. *Paris, Didier*, 1871, 8 vol. in-12, br.

803. Le vrai Voltaire, l'homme et le penseur, par Edouard de Pompery. *Paris*, 1867, in-8, br.

804. Mémoires et correspondance de Mme d'Épinay, où elle donne des détails sur ses liaisons avec Duclos, J.-J. Rousseau, Grimm, Diderot, le baron d'Holbach, Saint-Lambert, Mme d'Houdetot, etc. *Paris, Volland*, 1818, 3 vol. in-8, demi-rel. veau fauve.

805. Mémoires biographiques, littéraires et politiques de Mirabeau, écrits par lui-même, par son père, son oncle et son fils adoptif. *Paris, Aug. Auffray*, 1834, 8 vol. in-8, demi-rel. bas. viol., non rognés.

806. Les Mirabeau, nouvelles études sur la société française au XVIIIe siècle, par Louis de Loménie. *Paris, Dentu*, 1879, 2 vol. in-8, br.

807. Mémoires de l'abbé Morellet sur le dix-huitième siècle et sur la Révolution, précédés de l'éloge de l'abbé Morellet par M. Lemontey. *Paris, Ladvocat*, 1821, 2 vol. in-8, portr., veau gris, fers à froid.

808. Souvenirs d'un sexagénaire par A.-V. Arnauld. *Paris, Dufey*, 1833, 4 vol. in-8, demi-rel. veau gris, non rognés.

809. Notice sur madame la vicomtesse de Noailles. *Paris*,

Lahure, 1855. — Anne-Paule-Dominique de Noailles, marquise de Montagu. *Paris*, *Lainé*, 1864. — Ensemble 2 vol., demi-rel. mar. bleu, dos et coins, têtes dor. non rognés.

810. La Vie politique de M. Royer-Collard, ses discours et ses écrits, par M. de Barante. *Paris*, *Didier*, 1861, 2 vol. in-8, br.

811. Mme de Swetchine, sa vie et ses œuvres, publiées par le comte de Falloux. *Paris*, *Didier*, 1861, 2 vol. — Lettres de Mme de Swetchine. *Paris*, *Didier*, 1862, 2 vol. — Lettres inédites de Mme de Swetchine. *Paris*, *Didier*, 1866. — Mme de Swetchine, journal de sa conversation, méditations et prières. *Paris Didier*, 1863. — Ensemble 6 vol. in-8, demi-rel. chag. rouge, non rognés.

812. Abrégé de la vie des plus fameux peintres, avec leurs portraits gravés en taille-douce, les indications de leurs principaux ouvrages, et la manière de connoître les dessins et les tableaux des grands maîtres, par M*** D'Argenville. *Paris*, *chez de Bure*, 1762, 4 vol. in-8, front. de *Boucher*, nomb. portr., bas. marb.

Piqûre de vers dans la marge supérieure du premier volume.

813. Histoire de la peinture en Italie depuis la renaissance des beaux-arts jusques vers la fin du XVIIIe siècle, par l'abbé Lanzi, traduite de l'italien par Mme A. Dieudé. *Paris*, *H. Seguin*, 1824, 5 vol. in-8, demi-rel. chag. vert, non rognés.

814. Nouvelle biographie de Mozart, suivie d'un aperçu

sur l'histoire générale de la musique, par A. Oulibicheff. *Moscou*, 1843, 3 vol. in-8, demi-rel. chag. vert.

4. BIBLIOGRAPHIE

815. Jugemens des savans sur les principaux ouvrages des auteurs, par Adrien Baillet. *Amsterdam*, 1725, 17 vol. in-12, veau fauve, fil.

816. Guide de l'amateur de livres à vignettes du XVIIIe siècle, par Henry Cohen. *Paris, Rouquette*, 1870, in-8, br.

817. Guide de l'amateur de livres à vignettes du XVIIIe siècle, par Henry Cohen. *Paris, Rouquette*, 1873, in-8, demi-rel. mar. bleu, dos et coins, têtes dor., non rognés.

818. Henry Cohen. Guide de l'amateur de livres à figures et à vignettes du XVIIIe siècle, troisième édition refondue et augmentée, par Charles Mehl. *Paris, Rouquette*, 1876, in-8, cart. toile, non rogné.

819. Guide de l'amateur de livres à vignettes et à figures du XVIIIe siècle, par Henry Cohen, quatrième édition. *Paris, Rouquette*, 1880, in-8, br.

820. Œuvres posthumes de J.-M. Quérard, publiées par G. Brunet. Livres perdus et exemplaires uniques. *Bordeaux, Ch. Lefebvre*, 1872, in-8, br.

821. Œuvres posthumes de J.-M. Quérard, publiées par G. Brunet. Livres à clef. *Bordeaux, Ch. Lefebvre*, 1873, 2 vol. in-8, br.

822. Histoire politique et littéraire de la presse en France, avec une introduction historique sur les origines du journal et la bibliographie générale des journaux depuis leur origine, par Eugène Hatin. *Paris, Poulet-Malassis*, 1859, 8 vol. in-12, br.

Exemplaire en grand papier de Hollande.

823. Bibliographie historique et critique de la presse périodique française ou catalogue systématique et raisonné de tous les écrits périodiques de quelque valeur publiés ou ayant circulé en France depuis l'origine du journal jusqu'à nos jours, par Eugène Hatin. *Paris, Firmin Didot*, 1866, gr. in-8, portr., br.

VI. ENCYCLOPÉDIES

824. Encyclopédie moderne. Dictionnaire abrégé des sciences, des lettres, des arts, de l'industrie, de l'agriculture et du commerce, nouvelle édition publiée sous la direction de M. Léon Regnier. *Paris, Firmin Didot*, 1853-1867, 27 vol. et 3 atlas, complément 12 vol. et 2 atlas. Ensemble 39 vol. et 5 atlas, br.

825. Dictionnaire général des lettres, des beaux-arts et des sciences morales et politiques, par MM. Th. Bachelet et Ch. Dezobry. *Paris, Delagrave*, 1868, 2 vol. gr. in-8, demi-rel. mar. brun, dos et coins, non rognés.

VII. JOURNAUX

826. Bibliothèque universelle et historique (par J. Leclerc). *Amsterdam, Wolfgang*, 1686-1693, 26 vol. pet. in-12, veau fauve.

Aux armes de N.-J. Foucault, différence dans la reliure du dernier volume.

827. Observations sur les écrits modernes (par Des Fontaines, Granet et Fréron), de mars 1735 à août 1743, 33 vol. — Jugemens sur quelques ouvrages nouveaux (par Des Fontaines, de Mairault, Fréron et Destrées). *Avignon*, 1744-1746, 11 vol. — Année littéraire (par Fréron père et autres). *Paris*, 1754-1776, 171 vol.

828. La Décade philosophique, littéraire et politique, par une société de républicains. *Paris*, 10 floréal an II au 21 septembre 1807, 54 vol. in-8, fig., demi-rel.

829. Le Mercure du dix-neuvième siècle, rédigé par une société de gens de lettres (Félix-Bodin, Dulaure, Dupaty, Etienne, Tissot, Senancourt, etc.). *Paris*, 1823-1828, 18 vol. in-8, demi-rel.

Recueil curieux à consulter pour l'histoire de l'école romantique.

830. Le Courrier des spectacles, ou journal des théâtres (par Lepan, Salgues, Ducray-Duménil, Clément, Legouvé, Vigée, etc.), du 18 nivôse an V, au 21 mai 1807, 3.762 numéros en 19 vol. in-4. — Spectacles et littérature, du 1er janvier 1808, au 30 décembre 1812, 10 vol. in-4 oblong. — Ensemble 29 vol., cart.

831. Journal de Paris, du 1er janvier 1777 au 30 juin 1827, 93 vol. in-4 et 32 vol. in-fol., demi-rel.

Premier journal français quotidien.

832. Journal des Débats et lois du corps législatif, du 20 pluviôse an IX (9 février 1801 à 1886), 142 volumes in-4 et in-folio, cart.

Il manque de 1855 à juin 1865, — de mai 1869 à juin 1871, — du 16 juillet 1873, à décembre 1875.
Les années 1883.

833. Le Drapeau blanc, par A. Martainville et plusieurs hommes de lettres. *Paris, Dentu*, 1819, 2 vol. in-8, demi-rel. chag.

TABLE DES MATIÈRES

THÉOLOGIE

JURISPRUDENCE

SCIENCES ET ARTS

BELLES-LETTRES

HISTOIRE

ORDRE DES VACATIONS

PREMIÈRE VACATION

Mardi 24 *Mai.*

Numéros 732 à 836

DEUXIÈME VACATION

Mercredi 25 *Mai.*

Numéros 611 à 731

TROISIÈME VACATION

Jeudi 26 *Mai.*

Numéros 498 à 610

MACON, IMPRIMERIE PROTAT FRÈRES

www.ingramcontent.com/pod-product-compliance
Ingram Content Group UK Ltd.
Pitfield, Milton Keynes, MK11 3LW, UK
UKHW021641260726
13994UKWH00003B/1233